线装国学馆

全唐诗精选

第四卷

线装国学馆
全唐诗精选
全唐诗精选

李绅

【作者简介】

李绅（772—846），字公垂，祖籍亳州谯县（今安徽亳州谯城）。六岁丧父，随母迁居无锡（今江苏无锡）。唐宪宗元和元年（806）进士，官翰林学士，历中书侍郎、尚书右仆射、淮南节度使等。唐武宗时，官至宰相。与元稹、白居易交游甚密，为新乐府运动的参与者。与李德裕、元稹并称『三俊』。

悯农二首①

其一

春种一粒粟，秋收万颗子。四海无闲田，农夫犹饿死！

其二

锄禾日当午，汗滴禾下土。谁知盘中餐②，粒粒皆辛苦？

【注释】

①题目一作《古风二首》。

②餐：熟食，此处指饭。一作『飧』。

全唐诗精选

李贺

【作者简介】

李贺（约790—约816），字长吉，昌谷（今河南宜阳）人，世称『李昌谷』。长吉体诗歌开创者，有『诗鬼』之称，与『诗圣』杜甫、『诗仙』李白、『诗佛』王维齐名。唐皇室远支，因避家讳，不得参加进士科考试。后因父荫得官，任奉礼郎。年少失意，郁郁而死。

李凭箜篌引①

吴丝蜀桐张高秋，空山凝云颓不流②。湘娥啼竹素女愁，李凭中国弹箜篌③。昆山玉碎凤凰叫，芙蓉泣露香兰笑④。十二门前融冷光，二十三弦动紫皇⑤。女娲炼石补天处，石破天惊逗秋雨⑥。梦入神山教神妪，老鱼跳波瘦蛟舞⑦。吴质不眠倚桂树，露脚斜飞湿寒兔⑧。

【注释】

①李凭：当时的梨园艺人，善奏箜（kōng）篌（hóu）。箜篌：古代弦乐器。又名空侯、坎侯。引：一种古代诗歌体裁。

②吴丝：吴地产的箜篌丝弦。桐：以蜀地产的桐木制成的箜篌身干。张：调弦演奏。高秋：秋高气爽。山：一作『白』。凝：凝聚。颓：堆集，凝滞。

③湘娥：湘水女神，指舜的妃子娥皇、女英。啼竹：传说舜死于苍梧山（在今湖南宁远），二妃追至洞庭湖，南向痛哭，泪洒竹上，即斑竹，又称湘妃竹。素女愁：素女悲伤的曲调。素女：神话传说中善于鼓瑟的女神。《史记·封禅书》中有言：『太帝使素女鼓五十弦瑟，悲，帝禁不止，故破其瑟为二十五弦。』中国：国中，国指国都长安。

④昆山：即昆仑山，史书记载产玉。一作『荆山』。玉碎：形容音乐清脆激越。凤凰叫：形容音乐和缓。芙蓉泣露：形容音乐幽咽。

香兰笑：形容音乐轻快优美。
⑤十二门：指长安，长安城四方各有三门。二十三弦：指李凭所弹的箜篌。《通典》记载："竖箜篌，胡乐也，汉灵帝好之，体曲而长，二十三弦。"动：感动。紫皇：道教最高神之一。
⑥逗：引来。
⑦神山：一作"坤山"。跳波：随波浪翻腾。
⑧吴质：即吴刚，字质，古代神话中住在月亮上的仙人，有月中伐桂的传说。露脚：露滴。寒兔：指秋月，传说月中有玉兔。

雁门太守行①

黑云压城城欲摧，甲光向日金鳞开②。角声满天秋色里，塞上燕脂凝夜紫③。半卷红旗临易水，霜重鼓寒声不起④。报君黄金台上意，提携玉龙为君死⑤。

【注释】

①雁门：即雁门郡，辖境大约在今山西西北部。
②摧：毁。甲光：铠甲的光芒。日：一作"月"。金鳞：像金色鱼鳞一样。开：打开，指闪光。
③角：古代军中一种吹奏乐器，多用兽角制成。燕脂：同"胭脂"，指塞上土的颜色。凝夜紫：在暮色中呈现出暗紫色。一说"燕脂""夜紫"为血迹。
④易水：河流名，在今河北西部。寒：声音沉闷、凄凉。不起：不响亮，不能飞扬。鼓寒声不起：一作"鼓声寒不起"。
⑤报君：报答君王。黄金台：又名招贤台，战国时燕昭王所筑，遗址在今河北定兴境内。玉龙：宝剑名。

梦天

老兔寒蟾泣天色，云楼半开壁斜白①。玉轮轧露湿团光，鸾珮相逢桂香陌②。黄尘清水三山下，更变千年如走马③。遥望齐州九点烟，一泓海水杯中泻④。

【注释】

①老兔、寒蟾：神话传说中住在月宫中的动物。云楼：指层层叠叠的云。壁：指"云楼"的壁。斜白：惨白的月光斜照。
②玉轮：月亮。轧：辗。湿：沾湿，打湿。团光：月光。鸾珮：雕着鸾凤的玉珮，指仙女。珮：同"佩"。桂香陌：充满桂花香的大路，指月宫中的大路。
③黄尘清水：比喻沧海桑田。黄尘：黄土。三山：指传说中海上蓬莱、方丈、瀛洲三座神山。走马：跑马。
④齐州：指九州，古时中国。九点烟：九处点状的烟尘。一泓：一片，一汪。

浩歌①

南风吹山作平地，帝遣天吴移海水②。王母桃花千遍红，彭祖巫咸几回死③。青毛骢马参差钱，娇春杨柳含细烟④。筝人劝我金屈卮，神血未凝身问谁⑤？不须浪饮丁都护，世上英雄本无主⑥。买丝绣作平原君，有酒唯浇赵州土⑦。漏催水咽玉蟾蜍，卫娘发薄不胜梳⑧。看见秋眉换新绿，二十男儿那刺促⑨？

【注释】

①浩歌：大声歌唱。
②帝：天帝，宇宙的主宰。天吴：神话传说中的水神，人面虎身。

③王母：即神话传说中的西王母，传说她的瑶池上的仙桃树每三千年开花结实一次。千遍红：开了千次花。彭祖：传说中的长寿者。巫咸：传说中的名医、占星家，也是长寿者。

④青毛骢马：即青骢马，古代名马。骢：毛色青白相间的马。参差：错杂相间。钱：指马毛上像连钱一样的花纹。含：包含，包裹。细烟：枝条细长，叶子嫩黄。细：一作『缃』。

⑤筝人：弹筝的歌妓。金屈卮(zhī)：形如菜碗、有把手的酒器，此处指喝酒。神血未凝：精神和血肉没有凝聚在一起，暗指生命短促。身问谁：身体是怎么一回事，问谁能有答案呢？问：一作『是』。

⑥不须句：是转折语。意谓快意当前，对酒听歌的一时自我麻醉，终不能排遣内心真正的愤激之情。浪饮：痛饮。丁都护：一说为声调哀怨的乐府歌曲名，一说为丁旿，南朝宋时勇士，官都护。主：主人。

⑦绣作：绣成。平原君：即战国时赵国贵族赵胜，是四公子之一，礼贤下士，门下有三千宾客。赵州：赵国，赵地。浇酒：一种祭祀风俗，以示向慕之情和凭吊之意。

⑧漏：漏壶，古代的计时器。玉蟾蜍：玉质的蟾蜍形漏壶。水滴入蟾蜍口中，进入壶内。壶中有刻度，以计时刻。卫娘句：言眼中颜容盛鬋的佳人，很快地就会衰老。卫娘：卫地美女，即『筝人』；一说指卫后，即汉武帝的皇后卫子夫。传说她发多，深得汉武帝的宠爱。不胜：禁不住。

⑨秋眉：稀疏变黄的眉毛。换新绿：指画眉。唐人用青黑的黛色画眉，与浓绿色相近，故称。二十男儿：二十岁的男子。那：同『哪』。刺促：劳碌不休，惶恐不安。

金铜仙人辞汉歌①

茂陵刘郎秋风客，夜闻马嘶晓无迹②。画栏桂树悬秋香，三十六宫土花碧③。魏官牵车指千里，东关酸风射眸子④。空将汉月出宫门，忆君清泪如铅水⑤。衰兰送客咸阳道⑥，天若有情天亦老。携盘独出月荒凉，渭城已远波声小⑦。

【注释】

①金铜仙人：指汉武帝建造的承露盘仙人铜像，用以承接上天赐予的甘露。辞汉：指三国时魏明帝下令将长安建章宫前的金铜仙人搬走。

②茂陵刘郎：指汉武帝刘彻，死后葬于茂陵。秋风客：感慨人生短暂的人，指汉武帝。汉武帝曾作《秋风辞》，因秋风起而感慨人生。夜闻马嘶：一般认为这是汉武帝的魂魄出入汉宫，有人在夜里听到他骑的马嘶鸣。

③画栏：有画饰的栏杆。悬：飘。三十六宫：形容宫殿多。东汉班固《西都赋》有言：『离宫别馆，三十六所。』土花：苔藓。

④魏官：指魏明帝派去搬移金铜仙人的官员。牵车：即车。牵：同『辖』，车轴头。关：城门。酸风：悲风，寒风。眸子：眼珠，指眼。

⑤空：仅，只。将：与，伴随。出宫门：指金铜仙人被搬离。君：指汉武帝。铅水：形容眼泪沉重、悲伤。

⑥衰：衰败，枯萎。客：指金仙铜人。咸阳：秦都，在长安附近，代称长安。

⑦独出：一作『独去』。渭城：即咸阳故城，汉时改称，借指长安。波声：指渭水的波涛声。渭城在渭水北岸。

致酒行①

零落栖迟一杯酒，主人奉觞客长寿②。主父西游困不归③，家人折断门前柳。吾闻马周昔作新丰客④，天荒地老无人识。空将笺上两行书，直犯龙颜请恩泽。我有迷魂招不得，雄鸡一声天下白⑤。少年心事当拏云，谁念幽寒坐呜呃⑥？

【注释】

①致酒：劝酒。

②零落：飘零，失意。栖迟：漂泊。奉：同『捧』。觞：古代一种两侧有耳的酒器。客长寿：祝酒词，即祝愿健康长寿。

③主父：即主父偃，汉武帝时大臣，家贫，受到排挤而北游燕、赵、中山等诸侯国，但未获礼遇，后上书汉武帝获得信任，连连升官。困：困顿，不得志。

④马周：少孤，家贫，曾客居新丰（今陕西临潼东），受冷遇，后至长安，谏言朝政得失获唐太宗激赏，历监察御史、中书令，摄吏部尚书。

⑤迷魂：失魂落魄，无所归依。招不得：指失意。白：明亮。

⑥少年：年轻人。拏（ná）云：凌云，比喻志向高远。拏：牵引，抉取，一作『拿』。念：怜悯。幽寒：困顿，不振。坐：独处。呜呃：呜咽悲叹。

苦昼短

飞光！飞光①！劝尔一杯酒。吾不识青天高，黄地厚，唯见月寒日暖煎人寿②。食熊则肥，食蛙则瘦③。神君何在？太一安有④？天东有若木，下置衔烛龙⑤。吾将斩龙足，嚼龙肉，使之朝不得回，夜不能伏。自然老者不死，少者不哭。何为服黄金，吞白玉⑥？谁是任公子，云中骑白驴⑦？刘彻茂陵多滞骨，嬴政梓棺费鲍鱼⑧！

【注释】

①飞光：飞逝的时光。

②煎：煎熬，消磨。人寿：人的寿命。

③熊：熊掌，指珍肴。蛙：青蛙，指粗劣的食品。

④神君：汉武帝曾祭祀的一个女神。《史记·孝武本纪》记载：『明年，上初至雍，郊见五畤。后常三岁一郊。是时上求神君，舍之上林中蹄氏观。神君者，长陵女子，以子死悲哀，故见神于先后宛若。宛若祠之其室，民多往祠。平原君往祠，其后子孙以尊显。及武帝即位，则厚礼置祠之内中，闻其言，不见其人云。』太一：即天帝，汉武帝曾祭祀。

⑤若木：神话传说中的树名。古人有『东极扶桑』『西极若木』之说，『扶桑』『若木』为一种神树的不同称谓，皆光华照地。衔烛龙：即衔烛（载日）而游之龙，为神话传说中的神龙，住在天的西北，能照亮幽冥无日之国。烛：指太阳。

⑥服黄金、吞白玉：道家认为服金玉可长寿。服：一作『饵』。

⑦任公子：传说中善于捕鱼的人。《庄子·外物》记载：『任公子为大钩巨缁，五十犗以为饵，蹲乎会稽，投竿东海。』是：一作『似』。骑白驴：一说骑驴乃古时文人之好，一说任公子骑驴升天。白：一作『碧』。

⑧刘彻：即汉武帝。滞骨：残存的骨头。嬴政：即秦始皇。梓棺：梓木棺材。鲍鱼：咸鱼，腥臭味。据《史记·秦始皇本纪》记载，秦始皇在巡行途中死去，『会暑，上辒车臭，乃诏从官令车载一石鲍鱼，以乱其臭』。

薛涛

【作者简介】

薛涛，生卒年未有确论，字洪度（一作『宏度』），长安人，生活于唐代宗、唐文宗年间。幼年家贫，随父流寓蜀中，沦落为乐妓。性聪慧，应对敏捷，多才艺，声名倾动一时。韦皋任剑南西川节度使时，出入幕府中。韦皋曾准备奏请朝廷授以校书郎的职衔，未果。自后，蜀中称妓女为『校书』。唐德宗贞元五年（789），因事被罚赴边城松洲，献诗获释。归成都后，脱离乐籍，居浣花溪，终身未嫁。今成都望江楼公园有『薛涛墓』。她和当时著名的诗人如元稹、白居易、张籍、王建、刘禹锡、杜牧、张祜等人都有唱酬往还。居浣花溪时，于碧鸡坊建吟诗楼，作女道士装束。自造松花纸及深红色小彩笺，时称『薛涛笺』。

送友人

水国蒹葭夜有霜，月寒山色共苍苍①。谁言千里自今夕？离梦杳如关塞长②。

【注释】

①水国：水乡。蒹葭：芦苇。苍苍：青灰色。

②千里：指千里之隔。离梦：离别后相逢之梦。关塞：一作「关路」。

筹边楼①

平临云鸟八窗秋，壮压西川四十州②。诸将莫贪羌族马，最高层处见边头③！

【注释】

①筹边楼：位于四川理县薛城镇，始建于唐文宗太和元年（830）。

②平临云鸟：形容筹边楼之高，与云、飞鸟相平。八窗秋：凭窗远眺，可见八方秋色，形容筹边楼高敞、视野开阔。西川：即剑南西川，治所在今成都，辖境大致为四川西部，为唐边境。四十州：约数，一说「十四州」。

③羌族：古时西部游牧民族。边头：边疆，边塞。

贾岛

【作者简介】

贾岛（779—843），字阆仙，自号碣石山人，范阳（今河北涿州）人。世称「诗奴」，与孟郊合称「郊寒岛瘦」，被视为苦吟诗人典型。曾为僧，名无本。后受教于韩愈，屡应进士试，不第。唐宣宗大中末，任遂州长江主簿，迁普州司仓而终，世称「贾长江」。

题李凝幽居①

闲居少邻并，草径入荒园②。鸟宿池边树，僧敲月下门③。过桥分野色，移石动云根④。暂去还来此，幽期不负言⑤。

【注释】

①李凝：诗人的友人，隐士，生平事迹不详。幽居：僻静的住处。

②少：不多。邻并：邻居。荒园：指李凝的住处。

③池边：一作「池中」。敲：据《唐诗纪事》卷四十记载，「岛赴举至京，骑驴赋诗，得「僧推月下门」之句，欲改「推」作「敲」，引手作推、敲之势，未决，不觉冲大尹韩愈。乃具言。愈曰：「敲字佳矣。」遂并辔论诗久之。」

④野色：山野景色。云根：即山石，指山石之气。《尚书大传》中有言：「五岳皆触石而出云。」

⑤幽期：隐居的约定。

宿山寺

众岫耸寒色，精庐向此分①。流星透疏木，走月逆行云②。绝顶人来少，高松鹤不群。一僧年八十，世事未曾闻。

【注释】

① 岫：山。耸：托。精庐：即精舍，僧道说法布道、修炼居住之所，指佛寺。

② 流星：流动的星星，与『走月』相对。木：一作『水』。

渡桑干①

客舍并州已十霜②，归心日夜忆咸阳。无端更渡桑干水，却望并州是故乡③。

【注释】

① 一说作者为唐代诗人刘皂，咸阳（今陕西咸阳）人，生卒年、字号、生平均不详，约唐德宗贞元年间在世。桑干：即桑干河，永定河上游，位于今河北西北部、山西北部。

② 舍：居住。并州：治所在晋阳（今山西太原西南）。十霜：即十年。每年秋冬都要下霜，故指一年。

③ 更：再。却望：回头看。

姚合

【作者简介】

姚合（约779—约855），字大凝，祖籍吴兴（今浙江湖州），硖石（今河南陕县）人。诗名盛，交游甚广，与贾岛、刘禹锡、李绅、张籍、王建、杨巨源、马戴、李群玉等都有往来唱酬，与贾岛合称『姚贾』。元和十一年（816）进士，初仕为武功主簿，历监察御史，荆杭二州刺史、刑部郎中、给事中等，终秘书少监，世称『姚武功』，其诗称『武功体』。

庄居野行

客行野田间，比屋皆闭户①。借问屋中人，尽去作商贾。官家不税商，税农服作苦②。居人尽东西，道路侵垅亩③。采玉上山巅，采珠入水府。边兵索衣食，此物同泥土④。古来一人耕，三人食犹饥；如今千万家，无一把锄犁⑤。我仓常空虚，我田生蒺藜。上天不雨粟，何由活蒸黎⑥！

【注释】

① 比屋：屋连屋，指家家，一作『比邻』。

② 税：征税。服作：服役，劳作。

③ 东西：东奔西走。垅亩：农田，一作『垄亩』。

④ 边兵：边塞士兵。此物：指上文所言珠玉。

⑤ 把锄犁：拿起锄犁，指从事农业。把：拿，持。

⑥ 雨：落下。蒸黎：百姓。蒸：众多，一作『烝』。

雍裕之

【作者简介】

雍裕之，生卒年、字号不详，蜀州（今四川崇庆附近）人。约唐宪宗元和年间前后在世。唐德宗贞元后，屡次应进士举，不第。之后飘零四方，过着长期的流浪生活，不知所终。擅长乐府诗。

农家望晴

尝闻秦地西风雨，为问西风早晚回①？白发老翁如鹤立②，麦场高处望云开。

【注释】

①秦地：今陕西一带。西风雨：一刮西风，就会下雨。为问：请问。早晚：何时。

②如鹤立：形容老翁盼望晴天的焦灼心情。

李德裕

【作者简介】

李德裕（787—850），字文饶，赞皇（今河北赞皇）人。与李绅、元稹交情深厚，时称『三俊』。唐宪宗、唐宣宗时『牛李党争』中李党领袖。早年以门荫入仕，历校书郎、翰林学士、中书舍人、御史中丞、兵部侍郎、兵部尚书、中书门下平章事，先后出任郑滑、剑南西川、兴元、淮南等地节度使。唐武宗时，以宰相拜太尉，封卫国公，辅佐唐武宗开创会昌中兴。唐宣宗时，遭谗毁，贬崖州司户，病逝。

全唐诗精选

登崖州城作①

独上高楼望帝京，鸟飞犹是半年程②！青山似欲留人住，百匝千遭绕郡城③。

【注释】

①崖州：即今海南三亚崖城镇。

②帝京：京城长安。程：路程。

③似欲：好像要。匝：环绕一周。遭：四周。郡城：即崖州城。

朱庆馀

【作者简介】

朱庆馀，生卒年不详，名可久，字庆馀，越州（今浙江绍兴）人。宝历二年（826）进士，官秘书省校书郎。是张籍所赏识的后辈诗人之一，诗风近张籍。

宫中词

寂寂花时闭院门，美人相并立琼轩①。含情欲说宫中事，鹦鹉前头不敢言。

【注释】

① 寂寂：寂静，悄悄。花时：花开之时。相并：并肩而立。琼轩：华美的长廊。

闺意献张水部①

洞房昨夜停红烛，待晓堂前拜舅姑②。妆罢低声问夫婿：「画眉深浅入时无③？」

【注释】

① 题目另作《近试上张籍水部》《近试上张水部》。闺意：女子婚姻大事，借指与张籍的师生之谊。唐时，应举的士子有向朝中显贵行卷（把所作诗文写成卷轴，投送显贵以延名）的风气。试前，诗人担心自己的作品不符合主考的要求，因此以新妇自比，以新郎比张籍，以公婆比主考，征求张籍的意见。张水部：即张籍，曾任水部员外郎。

② 停红烛：让红烛通宵点着。停：停放，留置。待晓：等待天明。舅姑：公公、婆婆。

③ 深浅：浓淡。入时无：合不合时风。

李涉

【作者简介】

李涉，生卒年不详，洛阳（今河南洛阳）人，自号清溪子。早年客梁园，逢兵乱而避居南方，与弟李渤同隐庐山香炉峰下，后出山做幕僚。唐宪宗元和年间，官太子通事舍人，贬峡州司仓参军。唐文宗大和年间，为太学博士，世称「李博士」。后以事流南方，浪游桂林一带。

润州听暮角①

江城吹角水茫茫，曲引边声怨思长②。惊起暮天沙上雁，海门斜去两三行③。

【注释】

① 题目一作《晚泊润州闻角》。润州：即今江苏镇江。角：古代军中乐器。

② 江城：即润州，一作「孤城」。曲引边声：曲调是边塞歌曲。曲：一作「风」。边声：一作「胡笳」。

③ 海门：海口，在润州城外，或为长江远古时入海口。《镇江府志》记载：「焦山东北有二岛对峙，谓之海门。」《至顺镇江志》记载：「焦山，或亦谓之浮玉山，上有罗汉岩，旁有海门二山。」

张祜

【作者简介】

张祜，生卒年不详（一般认为生于唐德宗贞元初年，卒于唐宣宗大中三年之后），字承吉，南阳（今河南沁阳）人，一说清河（今河北清河）人。家世显赫，人称「张公子」。唐宪宗元和至唐穆宗长庆间，以诗名重于当时。令狐楚非常赏识他，以其诗向朝廷举荐，但因元稹指摘，没有授官。后客居淮南，与杜牧相友善。晚年筑室隐居丹阳至死。

题金陵渡①

金陵津渡小山楼，一宿行人自可愁②。潮落夜江斜月里，两三星火是瓜州③。

【注释】

① 金陵渡：渡口名，在今江苏镇江附近。

② 津渡：渡口。小山楼：金陵渡附近的小楼，诗人当时所居之处。行人：旅客，诗人自指。可：当，一说语气词。

③ 斜月：月亮偏西。星火：像星星一样的灯火。瓜州：即瓜州，在今长江北岸，江苏扬州南，与镇江隔江相望。

听筝①

十指纤纤玉笋红，雁行轻遏翠弦中②。分明似说长城苦，水咽云寒一夜风③。

【注释】

① 题目一作《题宋州田大夫家乐丘家筝》。

② 十指：指弹筝乐妓的十指。唐代权贵流行家中养乐妓（家乐）。雁行：成行的大雁。古人常将雁与筝相联系，以示筝声悲凉。遏：停止，停留。

③ 咽：阻塞。

杜牧

【作者简介】

杜牧（803—852），字牧之，号樊川居士，京兆万年（今陕西西安）人。宰相杜佑之孙，家中排行十三，时称『杜十三』。人称『小杜』（以别于『大杜』杜甫），与李商隐并称『小李杜』。唐文宗大和二年（828）进士，授弘文馆校书郎。曾参沈传师江西观察使、宣歙观察使及牛僧孺淮南节度使幕府。历监察御史，膳部、比部及司勋员外郎，黄州、池州、睦州、湖州刺史，官终中书舍人。晚年居长安南樊川别墅，世称『杜樊川』。

题宣州开元寺水阁①

六朝文物草连空，天澹云闲今古同②。鸟去鸟来山色里，人歌人哭水声中③。深秋帘幕千家雨，落日楼台一笛风④。惆怅无因见范蠡，参差烟树五湖东⑤。

【注释】

① 宣州：治所在今安徽宣城。开元寺：遗址位于今安徽宣城陵阳山，建于东晋，初名永安寺，唐开元二十六年（738）改名开元寺。水阁：临水的楼阁。

② 六朝：指吴、东晋、宋、齐、梁、陈六个朝代。文物：指六朝的繁华已成为陈迹。澹：恬静，一作『淡』。

③ 人歌人哭：指从生到死，即世世代代在此地生活，语出《礼记·檀弓下》：『晋献文子成室，晋大夫发焉。张老曰：「美哉，轮焉！美哉，奂焉！歌于斯，哭于斯，聚国族于斯。」』

③ 一：一缕缕。笛风：风中的笛声。

④ 无因：一作『无日』。范蠡：春秋时越国大夫，佐越王勾践复国称霸，功成后乘扁舟出三江、入五湖而去。烟树：云雾缭绕的树林。五湖：即太湖，一说为太湖与其附近的涌湖、洮湖、射湖、贵湖合称。

早雁

金河秋半虏弦开，云外惊飞四散哀①。仙掌月明孤影过，长门灯暗数声来②。须知胡骑纷纷在，岂逐春风一一回③？莫厌潇湘少人处，水多菰米岸莓苔④。

【注释】

① 金河：即大黑河，在今内蒙古呼和浩特南。秋半：指八月。虏弦开：指张弓射雁，暗喻发动战争。云外：一作『云际』。

② 仙掌：即仙人掌，一说指陕西太华山东峰，一说指汉武帝时金铜仙人的承露铜盘。长门：即长门宫，汉武帝第一任皇后陈阿娇被废后居处，代指冷宫。

③ 须知胡骑纷纷在：一作『虽随胡马翩翩去』。纷纷：多而杂乱。逐：追随。

④ 莫厌：一作『好是』。菰(gū)米：多年宿根草本植物菰的种子(嫩茎叫茭白)。莓苔：一种蔷薇科植物，籽为红色。菰米、莓苔都是鸟类的食物。

商山麻涧①

云光岚彩四面合②，柔桑垂柳十余家。雉飞鹿过芳草远，牛巷鸡埘春日斜③。秀眉老父对樽酒，蒨袖女儿簪野花④。征车自念尘土计，惆怅溪边书细沙⑤。

【注释】

① 商山：位于今陕西商洛商镇南。麻涧：位于商山中，周围适宜种麻，故名。

② 岚彩：山间雾气经日光照射而发出的光彩。

③ 雉(zhì)：野鸡。牛巷：村巷。埘(shí)：在墙壁上挖洞做成的鸡窝。

④ 秀眉：指老人眉毛中的长毛，是长寿的象征。樽：盛酒的器具。蒨袖：红色的衣袖。蒨：同『茜』，即茜草，其根可做红色染料。簪：插，戴。

⑤ 征车：旅途中乘坐的车子。计：生计。书细沙：在细沙上书写。

江南春

千里莺啼绿映红，水村山郭酒旗风①。南朝四百八十寺，多少楼台烟雨中②。

【注释】

① 绿映红：绿叶映衬着红花。山郭：山城，山村。

② 南朝(420—589)：东晋灭亡之后，隋朝统一之前，存在于南方以建康(今江苏南京)为都城的宋、齐、梁、陈四个政权的总称。四百八十寺：约数，指南朝留存至唐的寺庙。南朝帝王、权贵多好佛，有造寺庙之风。

寄扬州韩绰判官①

青山隐隐水迢迢，秋尽江南草木凋②。二十四桥明月夜，玉人何处教吹箫③？

【注释】

① 韩绰：诗人友人，生平不可考。韩绰死后，杜牧作《哭韩绰》诗。判官：观察使、节度使、防御使的属官。韩绰曾任淮南节度使判官，与诗人是同僚。

②迢迢：一作『遥遥』。草木凋：一作『草未凋』。

③二十四桥：一说指名为二十四桥的桥，一说指二十四座桥。玉人：美人，一说指韩绰，一说指扬州的歌妓。玉：一作『美』。

泊秦淮①

烟笼寒水月笼沙，夜泊秦淮近酒家。商女不知亡国恨，隔江犹唱后庭花②。

【注释】

①秦淮：即秦淮河，横贯金陵（今江苏南京）。

②商女：以歌唱为生的乐妓。江：指秦淮河。后庭花：南朝陈后主叔宝所作舞曲《玉树后庭花》的简称，古人称之为『亡国之音』。陈后主荒于声色，不理政事，作《玉树后庭花》舞曲，终至亡国。

山行

远上寒山石径斜，白云生处有人家①。停车坐爱枫林晚，霜叶红于二月花②。

【注释】

①远：远处。上：登。寒山：深秋的山。白云生处：指山林的深处。生：一作『深』。

②坐：因为。枫林晚：傍晚时的枫林。霜叶：经霜的枫叶。

赤壁①

折戟沉沙铁未销，自将磨洗认前朝②。东风不与周郎便，铜雀春深锁二乔③。

【注释】

①赤壁：即今湖北武昌西南赤矶山。

②销：消失，毁灭。将：拿起。认前朝：认识到『折戟』是东吴的遗物。

③东风：指周瑜趁东南风起火烧赤壁。周郎：即周瑜（175—210），字公瑾，出身官宦世家，年轻时即有才名。铜雀：即铜雀台，在今河北临漳，为曹操所建，是其暮年寻欢享乐之处。因楼顶立有一丈五尺高的大铜雀，故名。《水经注·浊济水篇》记载：『邺西三台，中曰铜雀台，高十丈，有层百一间。』二乔：即大乔、小乔。二人是东吴乔家两姊妹，美貌著于时。大乔是孙权的哥哥孙策的妻子，小乔是周瑜的妻子。

许浑

【作者简介】

许浑，生卒年不详，字用晦（一作『仲晦』），丹阳（今江苏丹阳）人，居丁卯涧，人称『许丁卯』。一生不作古诗，专攻律体，与杜甫齐名，有『许浑千首诗，杜甫一生愁』之说。唐文宗大和六年（832）进士。任当涂、太平县令，润州司马。拜监察御史，历虞部员外郎及睦、郢二州刺史。

秋日赴阙题潼关驿楼①

红叶晚萧萧，长亭酒一瓢②。残云归太华，疏雨过中条③。树色随山迥，河声入海遥④。帝乡明日到，犹自梦渔樵⑤。

【注释】

①阙：皇宫门前两边用于瞭望的楼，此处指长安。潼关：关名，在今陕西潼关境内。

②红叶晚萧萧：一作『南北断蓬飘』。长亭：即驿亭，供行人休息。

③太华：即华山，位于今陕西华阴境内。疏雨：小雨。过：一作『落』。中条：即中条山，在今山西南部，因位于太行山与华山之间、山势狭长而得名。

④山：一作『关』。迥：远。海：一作『塞』。

⑤帝乡：皇帝的所在地，即京城长安。梦渔樵：梦想着打鱼砍柴的隐居生活。此两句一作『劳歌此分手，风急马萧萧』。

咸阳城西楼晚眺①

一上高楼万里愁，蒹葭杨柳似汀洲②。溪云初起日沉阁，山雨欲来风满楼③。鸟下绿芜秦苑夕，蝉鸣黄叶汉宫秋④。行人莫问当年事，故国东来渭水流⑤。

【注释】

①题目一作《咸阳城东楼》。

②汀(tīng)洲：水边之地为汀，水中之地为洲，此处指诗人的故乡江南。

③溪：磻溪。阁：指慈福寺。诗人原注曰：『南近磻溪，西对慈福寺阁。』

④下：落下。芜：杂乱的草。秦苑：秦朝时的宫苑。夕：夕阳，夕照。汉宫：汉朝时的宫殿。

⑤当年：一作『前朝』。『故国东来渭水流』：一作『渭水寒声昼夜流』。『声』一作『光』。故国：指秦汉故都咸阳。东来：指诗人自东边来到咸阳。

李商隐

【作者简介】

李商隐(约812—约858)，字义山，号玉溪生、樊南生，河内(今河南沁阳)人。和杜牧合称『小李杜』，与温庭筠合称为『温李』，与李贺、李白合称『三李』；因诗文与同时期的段成式、温庭筠风格相近，且三人都排行第十六，故并称『三十六体』。唐文宗开成二年(837)进士，授秘书省校书郎，补弘农尉。卷入牛李党争旋涡，在政治上受到排挤，一生困顿失意。曾依桂管观察使郑亚及京兆尹卢弘正。柳仲郢为东川、剑南节度使，辟为判官，后回京城任盐铁推官。

宿骆氏亭寄怀崔雍崔衮①

竹坞无尘水槛清，相思迢递隔重城②。秋阴不散霜飞晚，留得枯荷听雨声③。

【注释】

①崔雍、崔衮：崔戎之子。李商隐曾为崔戎幕僚。

②竹坞：长满竹子的水边土坡。水槛：临水的亭子，即骆氏亭。槛：栏杆。清：幽清。迢递：遥远。重城：一座座城池。

③阴：阴云。听：作雨。

安定城楼①

迢递高城百尺楼，绿杨枝外尽汀洲②。贾生年少虚垂涕，王粲春来更远游③。永忆江湖归白发，欲回天地入扁舟④。不知腐鼠成滋味，猜意鹓雏竟未休⑤。

【注释】

① 安定：在今甘肃泾川北、泾河北岸。

② 迢递：连绵不断。外：一作『上』。汀洲：指泾水岸边平地和水中洲渚。

③ 贾生：即贾谊，西汉初年著名政论家、文学家。少有才名，二十一岁获汉文帝征召。虚垂涕：无可奈何、白白地流泪。王粲：字仲宣，东汉末年文学家，『建安七子』之一。贾生、王粲均为诗人自比。

④ 永忆：经常向往。归：归隐。回扁舟：乘小船，用典自比。据《史记·货殖列传》记载，春秋时范蠡辅佐越王勾践灭吴后，乘扁舟归隐五湖。

⑤ 滋味：美味。鹓(yuān)雏：鸟名，神话传说中的一种瑞鸟。猜意：猜疑，猜忌。

夜雨寄北①

君问归期未有期，巴山夜雨涨秋池②。何当共剪西窗烛，却话巴山夜雨时③！

【注释】

① 题目一作《夜雨寄内》。寄北：写诗寄给北方的人。

② 君：具体所指说法不一，一说指诗人的妻子，一说指温庭筠。巴山：即大巴山，位于今陕西、四川、湖北交界处，泛指巴蜀地区。

③ 何当：什么时候能够。剪西窗烛：即剪烛西窗，指思念远方的人，盼望相聚夜语。剪烛：剪掉蜡烛多余的烛芯，维持明亮的烛光。却话：追述。

全唐诗精选

二月二日①

二月二日江上行，东风日暖闻吹笙②。花须柳眼各无赖③，紫蝶黄蜂俱有情。万里忆归元亮井，三年从事亚夫营④。新滩莫悟游人意，更作风檐夜雨声⑤。

【注释】

① 二月二日：即农历二月初二，南方俗称『踏青节』。

② 东风：春风。笙：一种古老的簧管乐器，一般用十三根长短不同的竹管制成。

③ 花须：细长如须的花蕊。柳眼：如睡眼初展的柳芽。无赖：撩人，可爱。

④ 元亮：东晋诗人陶潜的字。元亮井：陶潜的故居，指诗人的家乡。亚夫：即周亚夫，西汉名将，曾屯兵细柳（在今陕西咸阳西南）防御匈奴，后人称为『亚夫营』『细柳营』或『柳营』。此处用『亚夫营』指柳仲郢的幕府。

⑤ 新滩：为江边的一处平地，此处指新滩的流水。游人：指诗人自己。风檐雨夜声：夜里屋檐前风吹雨打的声音，形容流水声撩动起诗人的愁绪与凄凉之情。

常娥①

云母屏风烛影深，长河渐落晓星沉②。常娥应悔偷灵药，碧海青天夜夜心③。

【注释】

① 常娥：即嫦娥，神话传说中的月宫仙女。

② 云母屏风：以云母为装饰物的屏风。云母：一种矿物，呈六方形片状晶体。深：暗淡。长河：银河。渐落：渐渐消失。晓星：

晨星。

③偷灵药：指嫦娥偷食不死之药，《淮南子·览冥训》记载：『羿请不死之药于西王母，姮娥(嫦娥)窃以奔月。』碧海：像碧海一样的蓝天。夜夜心：形容夜夜思念人间而生的孤独。

霜月

初闻征雁已无蝉，百尺楼台水接天①。青女素娥俱耐冷，月中霜里斗婵娟②。

【注释】

①征雁：南飞的大雁。台：一作『高』，一作『南』。水接天：水天一色，指高处霜、月色、天空浑然一体，十分明亮。

②青女：即青霄玉女，神话传说中掌管霜雪的女神。素娥：嫦娥。斗：比赛。婵娟：美好曼妙的姿态，形容秋夜霜清月白、交相辉映。

春雨

怅卧新春白袷衣，白门寥落意多违①。红楼隔雨相望冷，珠箔飘灯独自归②。远路应悲春晼晚，残宵犹得梦依稀③。玉珰缄札何由达？万里云罗一雁飞④。

【注释】

①白袷(jiá)衣：白色的夹衫。袷：有里的衣服。白门：指男女欢会之所。多地均有白门，此处具体所指不可考。

②红楼：华美的楼阁，多为女子的住处。冷：冷清清，凄凉。珠箔飘灯：灯光从珠帘里飘出。珠箔：泛指华美的帘子。

③春晼(wǎn)晚：比喻青春易逝。晼晚：日将落，光线昏暗。残宵：即残夜，夜将尽、天即亮的时候。

全唐诗精选

④玉珰(dāng)：玉质的耳坠。古代男女常用玉珰之类的饰物作为定情的信物。缄札：书信。云罗：密布如罗网的阴云，比喻路途艰难。

流莺①

流莺漂荡复参差，度陌临流不自持②。巧啭岂能无本意③？良辰未必有佳期！风朝露夜阴晴里，万户千门开闭时④。曾苦伤春不忍听，凤城何处有花枝⑤？

【注释】

①流：一说流浪，一说婉转的鸣叫声。

②漂荡：踪迹不定。参差：一说鸣叫声时高时低，一说展翅飞翔。度陌：飞过原野。流：河流。不自持：不能自主，指流莺不能把握自己的命运。

③啭(zhuàn)：鸟婉转地鸣叫。无本意：指流莺没有自己的想法，只是为了悦人。

④万户千门：形容京城繁华景象。《史记·孝武本纪》中有言：『于是作建章宫，度为千门万户。』

⑤伤春：因春天到来而悲伤、苦闷。不忍：一作『不思』。凤城：指京城，即长安。花枝：指流莺栖息之所。

锦瑟①

锦瑟无端五十弦，一弦一柱思华年②。庄生晓梦迷蝴蝶，望帝春心托杜鹃③。沧海月明珠有泪，蓝田日暖玉生烟④。此情可待成追忆？只是当时已惘然⑤！

【注释】

①锦瑟：华美的瑟。瑟：传统拨弦乐器，一般为二十五根或十六根弦，古时有五十根弦，每弦一柱。

②无端：没有缘故，表示怨怪、心惊。华年：青春年华。

③庄生晓梦迷蝴蝶：比喻浮生若梦、往事如烟，典出《庄子·齐物论》：『昔者庄周梦为蝴蝶，栩栩然蝴蝶也，自喻适志与，不知周也。俄然觉，则蘧蘧然周也。不知周之梦为蝴蝶与，蝴蝶之梦为周与？周与蝴蝶，则必有分矣。』望帝春心托杜鹃：形容诗人自己内心的哀愁之情，典出《华阳国志·蜀志》：『杜宇称帝，号曰望帝，更名蒲卑。……会有水灾，其相开明决玉垒山以除水害，帝遂委以政事，法尧舜禅授之义，遂禅位于开明，帝升西山隐焉。时适二月，子鹃鸟鸣，故蜀人悲子鹃鸟鸣也。』

④珠有泪：指伤悼李德裕。其时李德裕在『牛李党争』中失势，被贬崖州身故。典出《博物志》卷九：『南海外有鲛人，水居如鱼，不废绩织，其眼泣则能出珠。』蓝田：即今陕西蓝田。《元和郡县志》中记载：『关内道京兆府蓝田县：蓝田山，一名玉山，在县东二十八里。』日暖：天气变暖，比喻李商隐的旧交令狐绹权势大振。其时，令狐绹做相，权倾一时。但李商隐因为党争的关系，仍受到歧视，『屡启陈情，绹不之省』。玉生烟：玉在阳光下产生烟气，比喻诗人对仕进可望而不可即。

⑤此情：指已往的种种情事。可待：就要。惘然：惆怅的样子。

全唐诗精选

赵嘏

【作者简介】

赵嘏（jiǎ），生卒年不详，一说生于唐宪宗元和元年（806），卒于唐玄宗大中初，字承祐，山阳（今江苏淮安）人。颇有诗名，杜牧称其为『赵倚楼』。年轻时四处游历，留寓长安多年，出入豪门以干功名。唐武宗会昌四年（844）进士。会昌末或唐宣宗大中年间官渭南尉，世称『赵渭南』。

汾上宴别①

云物如故乡②，山川知异路。年来未归客③，马上春欲暮。一樽花下酒，残日水西树。不待管弦终④，摇鞭背花去。

【注释】

①汾上：汾水边，一说在今山西汾阳，一说汾水、黄河汇合处（在今山西万荣南）。

②云物：指自然景色。

③年来：一年过去。

④管弦终：音乐停止，指筵席结束。

长安秋望①

云物凄清拂曙流，汉家宫阙动高秋②。残星数点雁横塞③，长笛一声人倚楼。紫艳半开篱菊静，红衣落尽渚莲

愁④。鲈鱼正美不归去，空戴南冠学楚囚⑤。

【注释】

①题目一作《长安晚秋》《长安秋夕》。

②凄清：凄凉，清冷。清：一作「凉」。拂曙：拂晓。流：浮动，流动。汉家：借指唐朝。高秋：一说秋高气爽的时节，一说重阳节。

③残星：天将亮时的星星。横：越过。塞：边塞，关塞。

④紫艳：艳丽的紫色。篱：篱笆。红衣：红色的花瓣。

⑤空戴南冠：形容思念故乡但不得归去。南冠：楚冠。《左传·成公九年》：「晋侯观于军府，见钟仪，问之曰：『南冠而絷者，谁也？』有司对曰：『郑人所献楚囚也。』」学楚囚：比喻处境困苦。

江楼感旧

独上江楼思渺然①，月光如水水如天。同来望月人何处？风景依稀似去年②！

【注释】

①渺然：渺茫无着落。水如天：一作「水连天」。

②依稀：仿佛，好像。

温庭筠

【作者简介】

温庭筠（约812—约866），艺名，原名岐，字飞卿，祁县（今山西祁县）人。出身没落贵族家庭，「才思艳丽，工于小赋，每入试，押官韵作赋，凡八叉手而八韵成」，人称「温八叉」。精通音律、工诗，与李商隐齐名，时称「温李」；对词的发展影响较大，为「花间派」首要词人，与韦庄齐名，并称「温韦」。屡应进士举，不第。曾官隋县及方城尉，终国子助教。然恃才不羁，终生不得志。

侠客行①

欲出鸿都门，阴云蔽城阙②。宝剑黯如水③，微红湿余血。白马夜频嘶，三更霸陵雪④。

【注释】

①侠客行：乐府旧题，属《杂曲歌辞》。

②鸿都门：指长安城门。鸿都：汉代位于洛阳的藏书之所，汉灵帝光和元年（178）设鸿都门学，授辞赋书画。城阙：城门两边的望楼，指整座城池。

③黯：深黑色。

④嘶：一作「惊」。三更：二十三点至一点。霸陵：汉文帝的陵墓，在今陕西西安灞桥区。

苏武庙①

苏武魂销汉使前，古祠高树两茫然②。云边雁断胡天月，陇上羊归塞草烟③。回日楼台非甲帐，去时冠剑是丁年④。茂陵不见封侯

年④。茂陵不见封侯印，空向秋波哭逝川⑤。

【注释】

① 苏武庙：有多处，此处所指未有确论。

② 苏武魂销汉使前：苏武于汉武帝天汉元年（100）出使匈奴，被扣留，在北海边牧羊，历十九年而不屈。汉昭帝派使者找到苏武，苏武方于始元六年（前81）回汉。使：一作「史」。古祠：指苏武庙。

③ 雁断：指音讯隔绝。断：一作「落」。胡：指匈奴。陇上：即陇关，位于今甘肃清水陇山东坡，此处指匈奴所在地区。

④ 非甲帐：指汉武帝已死。甲帐：指汉武帝时期。据《汉武故事》记载，汉武帝「以琉璃、珠玉、明月、夜光错杂天下珍宝为甲帐，其次为乙帐。甲以居神，乙以自居。」剑：一作「盖」。丁年：壮年。

⑤ 茂陵：汉武帝陵墓。不见：指汉武帝已死，见不到苏武归来封侯拜爵。秋波：秋天的水波。逝川：指时光流逝。《论语·子罕》中有言：「子在川上曰：逝者如斯夫，不舍昼夜！」

商山早行①

晨起动征铎②，客行悲故乡。鸡声茅店月，人迹板桥霜③。槲叶落山路，枳花明驿墙④。因思杜陵梦，凫雁满回塘⑤。

【注释】

① 商山：又名尚阪、楚山，在今陕西商洛东南。

② 征铎：远行车马所挂的大铃。悲：思念。

③ 茅店：用茅草盖成的旅店。板桥：用木板建的桥。

④ 槲（hú）：一种落叶乔木，其叶可用来包粽子。枳（zhǐ）：又名「臭橘」，一种落叶乔木，多刺。明：一作「照」。驿：驿站。

⑤ 杜陵：汉宣帝刘询的陵墓，位于今陕西西安雁塔区。因：于是，因此。凫（fú）：野鸭。回塘：岸边曲折的池塘。一说「凫雁满塘」比喻小人充满朝廷。

雍陶

【作者简介】

雍陶，生卒年不详（说约789—873），字国钧，成都人。出身贫寒，恃才傲睨，薄于亲党。唐文宗大和八年（834）进士，曾官侍御史、国子博士，历简、雅二州刺史，世称「雍简州」。后辞官闲居庐岳，养疴傲世，与尘事日冥。

送蜀客

剑南风景腊前春①，山鸟江风得雨新。莫怪送君行较远，自缘身是忆归人②。

【注释】

① 剑南：即剑南道，治所在今四川成都。腊：腊月。

② 忆归：思归。

西归出斜谷①

行过险栈出褒斜，山尽平川似到家②。万里客愁今日散，马前初见米囊花③。

【注释】

①斜谷：即褒斜谷，又称褒斜道，南起褒谷口（在陕西汉中境内），北至斜谷口（在陕西眉县境内）。

②褒斜：即褒斜谷。山尽：一作『出尽』。

③万里：一作『无限』。米囊花：即罂粟花。

薛逢

【作者简介】

薛逢，生卒年不详，字陶臣，蒲州（今山西永济）人。唐武宗会昌元年（841）进士，授秘书省校书郎，历侍御史、尚书郎，曾任巴、蓬、绵三州刺史，官终秘书监。恃才傲物，仕途颇不顺。

猎骑

兵印长封入卫稀①，碧空云尽早霜微。浐川桑落雕初下，渭曲禾收兔正肥②。陌上管弦清似语③，草头弓马急如飞。岂知万里黄云戍，血迸金疮卧铁衣④。

【注释】

①兵印长封：指军中无事。入卫：入京的守卫。

②浐川：地名，在今陕西西安。浐：即浐水，源出今陕西蓝田，流经长安，汇灞水，入渭河。渭曲：地名，在今陕西大荔东南。渭：即渭水。

③陌上：田间，指在野外打猎。陌为东西走向的小路。管弦：指射猎时张乐宴饮。

④黄云戍：唐代边防军事机构。李白诗作《紫骝马》中有言：『白雪关山远，黄云海戍迷。』金疮：刀剑创伤。铁衣：铁甲。

马戴

【作者简介】

马戴，生卒年不详（一说799—869），字虞臣，曲阳（今河北曲阳，一说今江苏东海）人，一说华州（今陕西华县）人。唐武宗会昌四年（844）进士，曾参太原幕府，因直言贬龙阳尉，历大同军幕，官终太学博士。

楚江怀古（其一）①

露气寒光集，微阳下楚丘②。猿啼洞庭岸，人在木兰舟③。广泽生明月，苍山夹乱流④。云中君不见，竟夕自悲秋⑤。

【注释】

①楚江：长江。

② 楚丘：楚地的山丘，泛指洞庭湖旁的山。

③ 木兰舟：以木兰为船，以示美好。木兰：一种落叶乔木。

④ 广泽：广无边际的湖泽，指洞庭湖，一说指青草湖（与洞庭湖相连）。苍山：一作『苍莨』。

⑤ 云中君：即云神，兼指屈原，屈原《楚辞·九歌》中有《云中君》篇。不见：既指秋空明净无云，又指感怀往事。见：一作『降』。

竟夕：整个晚上。

送僧归金山寺①

金陵山色里，蝉急向秋分②。迥寺横洲岛，归僧渡水云③。夕阳依岸尽，清磬隔潮闻④。遥想禅林下，炉香带月焚。

【注释】

① 金山寺：位于今江苏镇江西北金山，始建于东晋。

② 金陵：即今江苏南京。山：一作『江』。急：急切。秋分：农历节气，指进入秋天。

③ 迥：远。寺：指金山寺。横：隔绝，遮挡。水云：形容波大浪急。

④ 清：指声音清脆。磬：佛寺中的打击乐器，念经时或召集寺众时敲击。

⑤ 禅林：寺院。带月：一作『对月』。

李群玉

【作者简介】

李群玉，生卒年不详（一说808—862），字文山，澧州（今湖南澧县）人。早岁工诗，擅长音乐和书法，文采倾动一时。杜牧游澧时，劝他参加科举考试，但不第，『一上而止』。裴休任湖南观察使，延致幕中。大中八年（854），以布衣游长安，向唐宣宗献诗三百篇。后裴休为相，荐授弘文馆校书郎，不久请假弃官而归。

感兴（其一）

昔窃不死药，奔空有嫦娥①。盈盈天上艳，孤洁栖金波②。织女了无语③，长宵隔银河。轧轧挥素手，几时停玉梭④？

【注释】

① 此两句指嫦娥偷食不死之药，《淮南子·览冥训》记载：『羿请不死之药于西王母，姮娥（嫦娥）窃以奔月。』

② 盈盈：仪态美好。孤洁：孤高清白，洁身自好。金波：月光。

③ 织女：神话传说中编织云雾的女神。了无：全无。

④ 轧轧：织机织布时发出的连续声响。梭：织具，织布时往返牵引纬线（横线）。

湖阔

楚色笼青草，秋光洗洞庭①。夕霏生水寺，初月落寒汀②。棹响来空阔，渔歌去杳冥③。欲浮阑下艇，一到斗牛星④。

【注释】

①楚色：楚地的景色。青草：即青草湖，在今湖南岳阳南，与洞庭湖相连。秋光：一作『秋风』。

②霏：云气。水寺：临水的寺庙。落寒汀：一作『尽云汀』。汀：水边平地。

③棹：划船的工具，似桨，此处指划船。去：一作『发』。杳冥：遥远无际之处。

④浮：漂浮。斗牛星：北方七宿中的斗宿（南斗六星）和牛宿（牵牛）。

黄陵庙（二首）①

其一

小姑洲北渚云边，二女啼妆自俨然②。野庙向江春寂寂，古碑无字草芊芊③。风回日暮吹芳芷，月落山深哭杜鹃④。犹似含颦望巡狩，九疑凝黛隔湘川⑤。

其二

黄陵庙前莎草春，黄陵女儿茜裙新⑥。轻舟短棹唱歌去⑦，水远山长愁杀人。

【注释】

①黄陵庙：又名二妃庙、湘妃祠，供奉舜的二妃娥皇、女英，位于湖南岳阳君山东。

②小姑洲：洲名，位于黄陵庙南，详情不可考。姑：一作『孤』，一作『袁』。渚：一作『浦』。二女：即娥皇、女英。啼妆：古代妇女的一种妆式，薄施脂粉于眼角下，状如啼痕。传说娥皇、女英在洞庭湖边得知舜死的消息，南望啼哭，泪洒竹林，最后投水而死。一作『容华』，一作『明妆』。自：一作『共』。俨然：宛然，仿佛，指如同在眼前。

③野庙：即黄陵庙，形容年久失修。寂寂：寂静无声。芊芊：草木茂盛的样子。

④风回日暮：一作『东风近暮』。芷：即白芷，一种香草。月落：一作『日暮』。

⑤含颦（pín）：因哀愁而皱眉。巡狩：天子外出视察。九疑：即九疑山（九嶷山），又名苍梧山，为传说中舜帝陵的所在地，在今湖南宁远。凝黛：皱眉，一作『如黛』，一作『愁断』。黛：女子画眉所用的青黑色石粉。湘川：湘江，泛指楚地河流。

⑥莎草：一种多年生草本植物。女儿：指年轻的女子。茜：一种草本植物，可做红色染料，指红色，一作『蒨』。

⑦短棹：一作『小楫』。唱：一作『随』。

曹邺

【作者简介】

曹邺，生卒年不详（一说生于816年），字邺之（一作『业之』），阳朔（今广西阳朔）人。屡试不第，曾客居长安十年。唐宣宗大中四年（850）进士，任齐州推事，由天平节度使幕府掌书记迁太常博士、祠部郎中、洋州刺史、吏部郎中。唐懿宗咸通九年（868）辞归，居桂林。

四望楼

背山见楼影，应合与山齐①。座上日已出②，城中未鸣鸡。无限燕赵女③，吹笙上金梯。风起洛阳东，香过洛阳西。公子长夜醉，不闻子规啼④。

【注释】

①背山：山后。应合：应是，应该。

②座上：指彻夜宴饮。

③燕赵女：指美女。古诗中有言：『燕赵多佳人，美者颜如玉。』金梯：形容宴饮场所豪华奢靡。

④公子：豪门权贵之子。子规：即杜鹃，常夜鸣。

官仓鼠①

官仓老鼠大如斗②，见人开仓亦不走。健儿无粮百姓饥，谁遣朝朝入君口③！

【注释】

①官仓：官府的粮仓。

②斗：一作『牛』。

③健儿：戍边将士。遣：让。朝朝：天天。君：指官仓老鼠。

刘驾

【作者简介】

刘驾，生卒年不详（约唐懿宗咸通前后在世），字司南，江东（今江苏南部）人。工古体诗。与曹邺友善，二人并称『曹刘』。唐宣宗大中六年（852）进士，官终国子博士。

早行

马上续残梦，马嘶时复惊。心孤多所虞①，僮仆近我行。栖禽未分散②，落月照古城。莫羡居者闲，溪边人已耕③。

【注释】

①虞：忧虑，担心。

②分散：指鸟各自飞出树林。

弃妇

回车在门前①，欲上心更悲。路旁见花发②，似妾初嫁时。养蚕已成茧，织素犹在机③。新人应笑此，何如画蛾眉④？

【注释】

①回车：回娘家的车辆。

②花发：花开。

③素：生帛。机：织机。

④新人：新娶的妻子。蛾眉：细长而弯曲的眉毛。又：有的版本此后有『昨日惜红颜，今日畏老迟。良媒去不远，此恨当告谁』四句。

于濆

【作者简介】

于濆(fén)，籍贯、生卒年均不详(一说今河北隆尧人)，字子漪，自号逸诗。唐懿宗咸通二年(861)进士，曾官泗州判官。

古宴曲

雉扇合蓬莱，朝车回紫陌①。重门集嘶马，言宴金张宅②。燕娥奉卮酒，低鬟若无力③。十户手胼胝，凤凰钗一只④。高楼齐下视，日照罗绮色⑤。笑指负薪人，不信生中国⑥。

【注释】

①雉扇：即雉尾扇，古时帝王的一种仪仗。合：掩映。蓬莱，即蓬莱宫，原名大明宫，位于长安北。朝车：古代君臣行朝夕礼及宴饮时所用的车辆。紫陌：京城大路。

②重门：重重门庭，指豪门深宅。言：说，一说语气助词。金张：西汉著名的官僚世族金日(mì)磾(dī)、张安世的并称。二氏子孙相继，七世荣显。此处指豪门显宦。

③燕娥：燕地的美女，古称燕赵之地多美女。此处指侍女。奉：捧。卮酒：盛着酒的器皿。低鬟：低头。

④胼(pián)胝(zhī)：老茧，因长期劳作而生的茧。此两句意谓十户人家劳作的成果，仅值燕娥所戴的一只凤凰钗。

⑤罗绮：一作『罗衣』。

⑥负薪人：背负柴草的人，指劳动者。中国：中原地区。

富农①

长闻乡人语，此家胜良贾②。骨肉化饥魂③，仓中有饱鼠。青春满桑柘，旦夕鸣机杼④。秋风一夜来，累累闻砧杵⑤。西邻有原宪，蓬蒿绕环堵⑥。自乐固穷心，天意在何处！当门见稚子⑦，已作桑田主。安得四海中，尽为虞芮土⑧！

【注释】

①题目一作《富农诗》。

②此家：指富农家。良贾：善于经营的商人。

③骨肉：至亲。化饥魂：饿死。

④青春：指春季草木长势旺盛。桑柘(zhè)：桑木与柘木。机杼(zhù)：织布机。

⑤累累：连续不断。砧杵：捣衣石与棒槌，指捣衣。

⑥原宪：孔子弟子，孔门七十二贤之一，出身贫寒，生活清苦，此处为诗人自比。环堵：屋四周的土墙，形容居室狭小、简陋。

⑦当门：对着门。稚子：指富农家未成年的孩子。

⑧虞芮土：指兼并而得的土地。虞芮：殷末周初两国名，疆界毗连，曾为争地兴讼。

山村叟

古凿岩居人，一廛称有产①。虽沾巾覆形②，不及贵门犬。驱牛耕白石，课女经黄茧③。岁暮霜霰浓，画楼人饱暖④。

【注释】

① 凿岩居人：凿山洞而居的人。一廛(chán)：一所住宅或一块土地，此处指一处山洞。

② 沾：受惠，受赏。巾：包裹、覆盖东西的小块纺织品。覆形：遮掩身体。

③ 白石：指多石少土的山地。课：督促，催促。经：织机上的直线，指织布。黄茧：野蚕丝。

④ 霜霰：霜雪。霰：雪珠。画楼：雕梁画栋的楼阁，指富贵人家。

邵谒

【作者简介】

邵谒，生卒年不详，翁源县(今广东翁源)人。约唐懿宗咸通初前后在世。唐代『岭南五才子』之一。为县小吏，因触怒县令，被逐，遂发奋读书。咸通七年(866)赴长安，为国子生，受温庭筠赏识，诗名大振。后登进士第，赴官，不知所终。

岁丰

皇天降丰年，本忧贫士食①。贫士无良畴，安能得稼穑②？工佣输富家，日落长太息③。为供豪者粮，役尽匹夫力④。天地莫施恩，施恩强者得！

【注释】

① 皇天：上天。本：本来。

② 良畴：良田。稼穑：农业劳动，指粮食。

③ 工佣：雇佣做工。输：输入，输送。太息：叹息。

④ 匹夫：平民。

聂夷中

【作者简介】

聂夷中，生卒年不详(一说837—884)，字坦之，河东(今山西永济)或河南(今河南洛阳)人。出身贫寒，备尝艰辛。唐懿宗咸通十二年(871)进士。时值兵革之际，朝廷无暇办理官吏诠选，困居长安很久，补华阴县尉。

咏田家①

父耕原上田，子劚山下荒②。六月禾未秀，官家已修仓③。二月卖新丝，五月粜新谷④。医得眼前疮，剜却心头肉⑤。我愿君王心，化作光明烛。不照绮罗筵，只照逃亡屋⑥。

【注释】

① 题目一作《伤田家》。部分版本无前四句；部分版本将前四句与李绅《悯农》(锄禾日当午)合为一首，作为《咏田家》第二首。

② 劚(zhú)：同『斸』，大锄，指挖掘。一作『锄』。父耕二句：极言农民之勤劳，与下文形成鲜明的对照。

③ 秀：禾吐穗扬花。修仓：整修粮仓，准备征税。

④ 粜(tiào)：出卖谷物。

⑤ 剜却：挖掉，割去。心头肉：指身体的重要部分，比喻赖以生存的劳动果实。

⑥逃亡屋：人逃亡，余空屋。

公子行（其二）①

花影出墙头②，花里谁家楼？一行书不读，身封万户侯。美人楼上歌，不是《古梁州》③。

【注释】

①公子行：乐府旧题，内容多为豪门权贵子弟的奢侈生活。

②影：一作「树」。

③《古梁州》：即《梁州宫调曲》，内容为描写边塞战争情事。梁州：治所在今陕西汉中，一作「凉州」。

李昌符

【作者简介】

李昌符，生卒年、籍贯不详，字梦若（一作「嵓梦」）。唐懿宗咸通四年（863）进士，历尚书郎、膳部员外郎。因作诗轻薄，被劾谪官，终身失意。与郑谷酬唱频繁。

秋晚归故居

马省曾行处，连嘶渡晚河①。忽惊乡树出②，渐识路人多。细径穿禾黍，颓垣压薜萝③。乍归犹似客，邻叟亦相过④。

【注释】

①省：记得，认识。

②惊：惊喜。乡树：家乡的树。

③颓垣：倒塌的墙。薜萝：薜荔和女萝，皆为蔓生植物。

④乍：突然。相过：面对面擦肩而过。

旅游伤春

酒醒乡关远，迢迢听漏终①。曙分林影外②，春尽雨声中。鸟倦江村路，花残野岸风③。十年成底事？羸马厌西东④。

【注释】

①乡关：故乡。迢迢：遥远，漫长。漏终：指夜尽。漏：即滴漏、漏壶，古代计时的工具。

②分：分明。

③江村：江边村庄。野岸：野外无人的岸边。

④成：成就。底事：何事。羸马：瘦马。西东：东奔西跑。

皮日休

【作者简介】

皮日休（约838—约883），字袭美，一字逸少，竟陵（今湖北天门）人。尝隐居鹿门山，道号鹿门子，自号醉吟先生。与陆龟蒙齐名，世称『皮陆』。唐懿宗咸通八年（867）进士，为著作郎，迁太常博士，后出任毗陵副使。约于唐僖宗乾符四年（877）在苏州参加黄巢起义军，随军进入长安，署翰林学士。一说死于兵乱中（死因一说被唐军杀害，一说因误会为黄巢所杀），一说流寓宿州而终。

汴河怀古（其一）①

尽道隋亡为此河，至今千里赖通波②。若无水殿龙舟事③，共禹论功不较多④。

【注释】

① 汴河：即通济渠，隋炀帝时开掘，长一千三百余里。
② 此河：指汴河。通波：流水。
③ 水殿龙舟事：指隋炀帝乘船经汴河南巡扬州，纵情游乐一事。
④ 共禹论功：与大禹比较治水之功。较：同『校』，差距。

陆龟蒙

【作者简介】

陆龟蒙，生卒年不详，字鲁望，长洲（今江苏苏州）人。曾应进士举不第，隐居松江甫里，自称甫里先生，又号天随子、江湖散人。好藏书。与皮日休友善，世称『皮陆』。曾为湖州、苏州刺史幕僚。家有田数百亩，连年被水淹没。常躬耕农亩，经营茶园。大约死于唐僖宗中和初（881）。

新沙①

渤澥声中涨小堤，官家知后海鸥知②。蓬莱有路教人到，亦应年年税紫芝③。

【注释】

① 沙：沙洲。
② 渤澥：即渤海，一说海潮声，一说海的别支。一作『渤海』。官家知后海鸥知：指官府为增加税收而穷极心计。
③ 紫芝：灵芝，神话传说中的仙草。

白莲

素花多蒙别艳欺，此花端合在瑶池①。无情有恨何人见？月晓风清欲堕时②。

【注释】

①蒙：受，被。别艳：其他艳丽的花，一说指红莲。此花：指白莲。端合：真应该。端：一作『真』。瑶池：传说中西王母所居的仙境。

②见：懂得，了解。欲堕：白莲将要凋谢。

黄巢

【作者简介】

黄巢（约820—884），冤句（今山东菏泽西南）人。出身盐商家庭，善骑射，喜任侠，有诗才。年轻时，贩卖私盐。屡应进士举，不第。唐僖宗乾符二年（875），领导农民起义，转战于黄河、长江、浙江、粤江流域。唐僖宗广明元年（880）攻陷长安，建立大齐王朝，年号金统。唐僖宗中和四年（884），兵败狼虎谷，自杀而死。

题菊花

飒飒西风满院栽①，蕊寒香冷蝶难来。他年我若为青帝，报与桃花一处开②。

【注释】

①飒飒：风吹动树木之声。

②青帝：又称『苍帝』『木帝』，春天之神，神话传说中五帝之一。报：告知，命令。一处：一起。

曹松

【作者简介】

曹松，生卒年不详，字梦徵，舒州（今安徽潜山）人。早年生活穷困，避乱居洪都西山。曾依建州刺史诗人李频。李死后，漂泊江湖，更加落拓。唐昭宗光化四年（901）中进士，年逾七十。官秘书省正字。约死于唐昭宗天复二年（903）。

己亥岁（其一）①

泽国江山入战图，生民何计乐樵苏②！凭君莫话封侯事③，一将功成万骨枯。

【注释】

①己亥：干支纪年之一，即唐僖宗乾符六年（879）。

②泽国：指多河流湖泊的江淮地区。乐樵苏：安居乐业。樵：柴。苏：草，一作『渔』。

③凭君：请君。封侯事：建立战功。

司空图

【作者简介】

司空图（837—908），字表圣，自号知非子，又号耐辱居士，虞乡（今山西永济）人。唐僖宗咸通十年（869）进士，以中书舍人知制诰。后隐居中条山王官谷。唐昭宗天复四年（904），后梁太祖朱温篡唐，召为礼部尚书，不就，唐哀帝被杀后绝食而死。有诗论经典《二十四诗品》传世。

塞上

万里隋城在，三边虏气衰①。沙填孤嶂角，烧断故关碑②。马色经寒惨，雕声带晚饥③。将军正闲暇，留客换歌词④。

【注释】

①隋城：即隋朝修筑的长城。隋自文帝开皇元年（581）至炀帝大业四年（608），调发大量民夫修筑东起紫河、西至榆林的长城。唐时的长城，基本为隋代的建筑。三边：泛指北方边疆。气：气势。

②嶂：山峰。关：边关。

③带：到，连着。

④换歌词：按曲谱重新填词歌唱。

河湟有感①

一自萧关起战尘②，河湟隔断异乡春。汉儿学得胡儿语③，却向城头骂汉人。

【注释】

①河湟：黄河与湟水（黄河支流，源出青海）。

②萧关：在今宁夏固原东南。

③学得：一作『尽作』。

郑谷

【作者简介】

郑谷（约815—约910），字守愚，宜春（今江西宜春）人。以《鹧鸪》得名，人称『郑鹧鸪』。唐僖宗光启三年（887）进士，唐昭宗景福二年（893）授京兆鄠县尉，迁右拾遗补阙，官终都官郎中，世称『郑都官』。

淮上与友人别①

扬子江头杨柳春，杨花愁杀渡江人②。数声风笛离亭晚，君向潇湘我向秦③。

【注释】

①淮上：即扬州。淮：淮河。

②扬子江：自江苏南京至入海口一段的长江。杨花：柳絮。愁杀：形容愁之深。

③风笛：风中的笛声。潇湘：指今湖南一带。秦：秦地，指都城长安一带。

鹧鸪

暖戏烟芜锦翼齐，品流应得近山鸡①。雨昏青草湖边过，花落黄陵庙里啼②。游子乍闻征袖湿，佳人才唱翠眉低③。相呼相应湘江阔，苦竹丛深日向西④。

【注释】

①戏：嬉戏。烟芜：云烟弥漫的草地。锦翼：多彩的翅膀。品流：等级，类别。

②青草湖：在今湖南岳阳西南，与洞庭湖相连。黄陵庙：又名湘妃祠，在湖南岳阳君山东。

③翠眉：古代女子用青黛画的眉。

④湘江：长江支流，在今湖南。苦竹：一种竹，笋味苦，可入药。日向：一作『春日』。

章碣

【作者简介】

章碣，生卒年不详（一说836—905），字丽山，桐庐（今浙江桐庐）人。唐懿宗咸通、唐僖宗乾符间有诗名。乾符三年（876）登进士。后流落江湖，不知所终。

焚书坑①

竹帛烟消帝业虚，关河空锁祖龙居②。坑灰未冷山东乱，刘项原来不读书③。

【注释】

①焚书坑：秦始皇焚烧诗书之地，据传是一个洞穴，故址在今陕西临潼东南的骊山上。

②竹帛：指书籍，古时文字刻在竹简或写在帛上。帝业：皇帝统治的事业。虚：落空。关河句：言关河的险固，不能挽救秦朝灭亡的命运。关河：函谷关和黄河。祖龙居：指秦始皇所在的关中之地。祖龙：秦始皇。

③坑灰：焚书坑内的竹帛灰。山东：指崤山以东。刘项：刘邦与项羽。不读书：刘邦出身市井无赖，项羽少时学武，故云。

唐彦谦

【作者简介】

唐彦谦，生卒年不详（一说卒于893），字茂业，晋阳（今山西太原）人。唐懿宗咸通末（873左右）进士，一说咸通二年（861）进士。唐僖宗中和中，王重荣镇河中，辟为从事。历节度副使，晋、绛二州刺史，贬汉中掾曹，迁判官、节度副使、阆州刺史、壁州刺史。晚年隐居鹿门山，号鹿门先生。

宿田家

落日下遥峰，荒村倦行履①。停车息茅店，安寝正酣睡。忽闻扣门急，云是下乡隶②。公文捧花押，鹰隼假声势③。良民惧官府，听之肝胆碎！阿母出搪塞，老脚走颠踬④。小心事延款，酒余粮复匮⑤。东邻借种鸡，西舍觅芳醑⑥。再饭不厌饱⑦，一饮直呼醉。明朝怯见官，苦苦灯前跪。使我不成眠，为渠滴清泪⑧。民膏日已瘠，民力日愈弊⑨。空怀伊尹心，无补尧舜治⑩！

【注释】

①行履：脚步，行走。

②隶：差役。

③花押：在公文或契约上盖印签名。押：一作『柙』。假：倚仗，凭借。

④搪塞：抵挡，应付。颠踬（zhì）：跌跌撞撞。

⑤事：侍奉。延款：招待。酒：一作缺字。

⑥种鸡：下蛋的母鸡。芳醑（xǔ）：美酒。

⑦厌：同『餍』，饱，满足。

⑧渠：他，指田家，一说指阿母。

⑨民膏：百姓的财富。瘠：枯竭，穷困。弊：困顿。

⑩伊尹：商汤的贤相，佐商汤灭夏，使天下大治，被后人奉祀为『商元圣』。尧舜治：尧舜的清明政治。

秦韬玉

【作者简介】

秦韬玉，生卒年不详，字仲明，长安（陕西西安）人，一说郃阳（今陕西合阳）人。谄附有权势的宦官田令孜，充当幕僚，官丞郎，判盐铁。唐僖宗中和二年（882）赐进士及第。黄巢起义时从唐僖宗入蜀，以工部侍郎为田令孜神策军判官，时人戏称『巧宦』。后不知所终。

贫女

蓬门未识绮罗香，拟托良媒益自伤①。谁爱风流高格调？共怜时世俭梳妆②。敢将十指夸纤巧？懒把双眉斗画长③。苦恨年年压金线④，为他人作嫁衣裳！

【注释】

①蓬门：用蓬草编扎的门，指贫苦的家庭。绮罗：丝织品，指华丽的穿着。托良媒：拜托好的媒人。

②风流：指意态娴雅。高格调：很高的品格和情调。怜：喜欢。时世：当世。俭梳妆：即俭妆，中、晚唐时期盛行的一种女子妆扮。一说『俭』作『险』，指奇形怪状的妆扮。

③纤：一作『偏』，一作『针』。斗：竞相，比较。

④压：一种刺绣的手法，此处作动词用。

崔涂

【作者简介】

崔涂，生卒年不详，字礼山，江南人。约888年前后在世。善音律，尤善长笛。唐僖宗光启三年（887，一说四年）进士。壮岁避地巴蜀，终生漂泊。

巴山道中除夜书怀①

迢递三巴路，羁危万里身②。乱山残雪夜，孤烛异乡人③。渐与骨肉远，转于僮仆亲④。那堪正飘泊，明日岁华新⑤！

【注释】

①题目一作《巴山道中除夜有怀》。巴山：即大巴山。此处泛指巴蜀之地。除夜：即除夕。

②迢递：遥远的样子。三巴路：入巴蜀的道路。三巴：即东汉末益州牧刘璋所设的『巴郡』『巴东』『巴西』三郡合称。羁：寄寓他乡。危：困苦。万里身：此身离家万里。

③人：一作『春』。

④骨肉：至亲。于：同『与』。

⑤那堪：岂能承受。岁华：年华。

来鹄

【作者简介】

来鹄（一作『来鹏』），生卒年不详，豫章（今江西南昌）人。曾自称『乡校小臣』。屡应进士举，不第。唐僖宗乾符五年（878）前后，福建观察使韦岫召入幕府。唐僖宗广明元年（880）黄巢起义军攻克长安后，避游荆襄，后客死扬州。

云

千形万象竟还空，映水藏山片复重①。无限旱苗枯欲尽，悠悠闲处作奇峰②。

【注释】

①竟：竟然，终究。还空：落得一场空。片复重：这里片片朵朵，那里重重叠叠。

②无限：无数。旱苗：受旱的禾苗。悠悠：飘动的样子。

蚕妇①

晓夕采桑多苦辛，好花时节不闲身②。若教解爱繁华事，冻杀黄金屋里人③。

【注释】

①蚕妇：养蚕的妇人。

②不闲身：没有空闲。

③解：懂得。繁华事：指赏花、宴游一类的事。杀：一作『煞』。黄金屋里人：一说指富贵人家的女子，一说指有权有势的人。这里泛指贵人。据《汉武故事》记载，汉武帝曾说：『若得阿娇作妇，当作金屋贮之也。』

罗邺

【作者简介】

罗邺，生卒年、字号均不详，余杭（今浙江余杭）人。有『诗虎』之称，与宗人罗隐、罗虬并称『江东三罗』。唐懿宗咸通中，屡应进士举，不第。浪游江南。后从军北征，郁郁而终。

秋怨①

梦断南窗啼晓乌，新霜昨夜下庭梧②。不知帘外如珪月，还照边城到晓无③？

【注释】

①题目一作《闺怨》。

②乌：乌鸦。庭梧：庭院。

③珪月：明洁圆润的月亮。珪：圆形玉器。

雁（其一）

暮天新雁起汀洲，红蓼花开水国秋①。想得故园今夜月，几人相忆在江楼②。

【注释】

①红蓼：草本植物，常生于河边低湿之处，花呈淡红色或白色，果实可入药。水国：水乡。开：一作『疏』。秋：一作『愁』。

②故园：故乡。江楼：江边楼阁。

罗隐

【作者简介】

罗隐（833—909），原名横，字昭谏，新城（今浙江杭州富阳）人。与宗人罗虬、罗邺合称『江南三罗』。少负才名，好讥讽公卿，触犯忌讳，曾十应进士举不第，更名归隐。唐僖宗光启三年（887），归乡依吴越王钱镠，官至谏议大夫。

雪

尽道丰年瑞，丰年事若何①？长安有贫者，为瑞不宜多②。

【注释】

①尽道：都说。瑞：祥瑞的征兆。若何：怎么样。

② 为：是。

魏城逢故人①

一年两度锦城游②，前值东风后值秋。芳草有情皆碍马，好云无处不遮楼③。山牵别恨和肠断，水带离声入梦流④。今日因君试回首，澹烟乔木隔绵州⑤。

【注释】

① 题目一作《绵谷回寄蔡氏昆仲》。魏城：即魏城县，治所在今四川绵阳境内。

② 锦城：指成都。城：一作『江』。东风：指春天。

③ 碍：阻挡。好云：美丽的秋云。

④ 牵：牵扯，牵绕，一作『将』。离声：离别的声音。

⑤ 试回首：一作『回首望』。澹烟：轻烟，一作『淡烟』。绵州：治所在今四川绵阳。

韩偓

【作者简介】

韩偓（约842—约923），字致尧（一作『致光』，一作『致元』），小名冬郎，万年（今陕西西安长安区）人。其诗多写艳情，称为『香奁体』。唐昭宗龙纪元年（889）进士，历翰林学士、中书舍人，迁兵部侍郎。后遭排挤，贬邓州司马。唐昭宗天祐年间，全家入闽避难，退隐南安葵山山麓，晚年自号『玉山樵人』。

故都①

故都遥想草萋萋，上帝深疑亦自迷②。塞雁已侵池籞宿，宫鸦犹恋女墙啼③。天涯烈士空垂涕，地下强魂必噬脐④。掩鼻计成终不觉，冯驩无路学鸣鸡⑤。

【注释】

① 故都：指长安。天祐元年（904），朱温用武力逼迫唐昭宗将都城从长安迁至洛阳。

② 上帝：上天。

③ 侵：进入。塞雁：边塞的大雁。池籞（yù）：帝王的禁苑。宫鸦：宫中的乌鸦。女墙：卑矮的围墙。

④ 天涯烈士：作者自指，兼指不为朱温势力所屈服的人。地下强魂：指崔胤。唐昭宗光化三年（900），宰相崔胤为了除掉宦官，将朱温的军队召入长安，从此大权落入朱温之手。天祐元年，崔胤为朱温所杀。必噬脐：必定追悔莫及，典出《左传·庄公》：庄公六年（前688）春，『楚文王伐申，过邓。邓祁侯曰：「吾甥也。」止而享之。骓甥、聃甥、养甥请杀楚子，邓侯弗许。三甥曰：「亡邓国者，必此人也。若不早图，后君噬脐（齐）。其及图之乎？图之，此为时矣。」』

⑤ 掩鼻计成：指朱温篡唐阴谋得逞，典出楚怀王夫人郑袖争宠。《韩非子·内储说下六微》中记载：『魏王遗荆王美人，荆王甚悦之。

夫人郑袖知王悦爱之也，亦悦爱之，甚于王，衣服玩好择其所欲为之。王曰：「夫人知我爱新人也，其悦爱之甚于寡人，此孝子所以养亲，忠臣之所以事君也。」夫人知王之不以己为妒也，因为新人曰：「王甚悦爱子，然恶子之鼻，子见王，常掩鼻，则王长幸子矣。」于是新人从之，每见王，常掩鼻。王谓夫人曰：「新人见寡人常掩鼻，何也？」对曰：「不知也。」王强问之，对曰：「顷尝言恶闻王臭。」王怒曰：「劓之。」』不觉：不知不觉。冯驩(huān)：战国时齐国孟尝君田文的门客。无路学鸣鸡：据《史记·孟尝君列传》记载，齐湣王二十五年(前299)，孟尝君入秦被昭王囚禁，用计获释，夜半至函谷关。『关法鸡鸣而出客，孟尝君恐追至，客之居下坐者有能为鸡鸣，而鸡齐鸣，遂发传出。出如食顷，秦追果至关，已后孟尝君出，乃还。』学鸡鸣的并非冯驩，冯驩是孟尝君门客中被重视的一个，诗人将此故事用于冯驩，是自比，以表示自己受唐昭宗信任。

春尽

惜春连日醉昏昏，醒后衣裳见酒痕。细水浮花归别涧，断云含雨入孤村①。人闲易得芳时恨，地迥难招自古魂②。惭愧流莺相厚意，清晨犹为到西园③。

【注释】

①浮花：一作『漾花』。别涧：另外一条河流，一作『别浦』。断云：片片云朵。

②得：一作『有』。芳时：春时，春天。迥：远，一作『胜』。古魂：故人的精魂，指老友已故化为精魂。

③惭愧：感谢，感激。流莺：鸣声婉转的黄莺。犹：一作『独』。为：为我。

吴融

【作者简介】

吴融，生卒年不详(一说850—903)，字子华，山阴(今浙江绍兴)人。屡应科举，至唐昭宗龙纪元年(889)中进士。官侍御史，遭谗言贬荆南，历礼部郎中、翰林学士、中书舍人、户部侍郎，终翰林承旨。

金桥感事①

太行和雪叠晴空，二月郊原尚朔风②。饮马早闻临渭北，射雕今欲过山东③。百年徒有伊川叹，五利宁无魏绛功④？日暮长亭正愁绝，哀笳一曲戍烟中！

【注释】

①金桥：位于今山西长治境内。据明《潞州志》记载：『金桥，在城南二里，路通高平县。』

②太行：太行山。郊原：一作『春郊』，一作『青郊』。朔风：冬天的风，寒风。

③饮马：典出《左传》故事，指大将李克用击败黄巢，攻入长安。《左传·宣公十二年》记载：『楚子北师次于郔，沈尹将中军，子重将左，子反将右，将饮马于河而归。』渭北：渭水之北。下句言李克用有席卷华山以东广大地区的野心。射雕：指北齐名将斛律光年少时射落飞雕的故事，指李克用实力强大。今欲过山东：指李克用将要采取大规模军事行动，率军打过太行山。山：太行山。

④百年徒有伊川叹：典出周朝大臣辛有在伊水边叹息的故事，指责朝廷和战失策，外敌入侵。《左传·僖公二十二年》载：『初，平王之东迁也，辛有适伊川，见被发而祭于野者，曰：「不及百年，此其戎乎！其礼先亡矣。」秋，秦、晋迁陆浑之戎于伊川。』伊川：伊水边。五利：指春秋时晋国大夫魏绛劝说晋悼公和戎的故事。《左传·襄公四年》记载：『公曰：「然则莫如和戎乎？」对曰：「和戎有五利焉，戎狄荐居，贵货易土，土可贾焉，一也。边鄙不耸，民狎其野，穑人成功，二也。戎狄事晋，四邻振动，诸侯威怀，三也。以德绥戎，师徒不动，甲兵

不顿，四也。鉴于后羿，而用德度，远至迩安，五也。君其图之！」公说，使魏绛盟诸戎，修民事，田以时。」

途中阻风

洛阳寒食苦多风①，扫荡春华一半空。莫道芳蹊尽成实②，野花犹有未开丛。

【注释】

①寒食：即寒食节。

②芳蹊：花径。

韦庄

【作者简介】

韦庄（约836—约910），字端己，杜陵（今陕西西安东南）人。苏州刺史韦应物四世孙。工诗词，与温庭筠同为『花间派』代表人物，并称『温韦』。早年屡试不第，至唐昭宗乾宁元年（894）中进士。授校书郎，迁右补阙。后随李询入蜀宣谕，遂留蜀，为西川节度使王建掌书记。唐昭宗天祐四年（907）前蜀建国，任左散骑常侍，官至宰相。

送人游并汾①

风雨萧萧欲暮秋，独携孤剑塞垣游②。如今虏骑方南牧，莫过阴关第一州③。

【注释】

①并汾：并州（治所在今山西太原一带）与汾河。

②暮秋：晚秋，秋末。塞垣：边塞，边关城墙。

③南牧：向南方牧马，指南侵。阴关：即阴地关，位于今山西灵石西南。第一州：即并州。

稻田

绿波春浪满前陂，极目连云䆉稏肥①。更被鹭鸶千点雪，破烟来入画屏飞②。

【注释】

①前陂（bēi）：前面的湖泊。䆉（bà）稏（yà）：水稻，通作『罢亚』。

②被：覆盖。破烟：穿过烟气。画屏：指前文连云的绿波春浪。

杜荀鹤

【作者简介】

杜荀鹤（约846—约907），字彦之，自号九华山人，石埭（今安徽石台）人。出身寒微，唐昭宗大顺二年（891）进士，因黄巾起义未授官，返乡闲居。田頵镇宣州，辟为从事。后依朱温，入梁，为翰林学士、主客员外郎，不久患重疾而死。

春宫怨

早被婵娟误，欲妆临镜慵①。承恩不在貌，教妾若为容②？风暖鸟声碎，日高花影重。年年越溪女，相忆采芙蓉③。

【注释】

① 婵娟：美好的姿态，此处指美丽的外貌。慵：懒。

② 承恩：蒙受皇帝恩宠。若为容：如何去妆饰自己。若为：怎样，怎能。容：打扮。

③ 年年二句：写思乡之情。言年年美景良辰，乡间女伴必然会怀念自己。王维《西施咏》：『朝为越溪女，暮作吴宫妃。』越溪女：古称越溪女子以美貌著名，此处泛指美貌女子。越溪：位于今浙江绍兴一带。芙蓉：莲花。

旅泊遇郡中叛乱示同志①

握手相看谁敢言，军家刀剑在腰边。遍搜宝货无藏处，乱杀平人不怕天②。古寺拆为修寨木，荒坟开作甃城砖③。郡侯逐出浑闲事，正是銮舆幸蜀年④。

【注释】

① 郡：指秋浦郡，治所在今安徽池州贵池区。同志：志同道合的人。

② 平人：平民。

③ 修寨：修筑营寨。甃（zhòu）：用砖砌造。

④ 郡侯：一郡之长，即刺史。浑闲事：寻常事，不算一回事。銮舆幸蜀：中和元年（881），唐僖宗由兴元（今陕西汉中）逃往成都。銮舆：皇帝的车驾。幸蜀：皇帝入蜀。

贯休

【作者简介】

贯休（832—913），俗姓姜，字德隐，兰溪（今浙江兰溪）人。时称『得得和尚』。亦善绘画，有《十六罗汉图》传世。七岁出家。曾居杭州灵隐寺，为钱镠所重。唐昭宗天复间，由黔入蜀，依王建。前蜀建国，封为禅月大师。

晚泊湘江作①

烟浪溅秋色，高吟似有邻②。一轮湘渚月，万古独醒人③。岸湿穿花远，风香祷庙频④。只应谀佞者，到此不伤神⑤。

【注释】

① 题目一作《晚泊湘江怀古》。

② 瀁：同『漾』，动荡，摇晃，一作『蒙』。高吟：高声吟唱。有：一作『得』。

③ 湘渚：湘江中的小岛。万古独醒人：指屈原。《楚辞·渔父》中有言：『屈原既放，游于江潭，行吟泽畔，颜色憔悴，形容枯槁。渔父见而问之曰：「子非三闾大夫与？何故至于斯？」屈原曰：「举世皆浊我独清，众人皆醉我独醒，是以见放。」』万：一作『千』。

④ 庙：即屈原庙，又称三闾庙，在今湖南汨罗西。祷：祈祷。频：频繁，经常。

⑤ 只应：正因为。到此不伤神：意为『伤神不到此』。

齐己

【作者简介】

齐己，生卒年不详，俗姓胡，名得生，益阳（今湖南益阳）人。少时出家于大沩山同庆寺，后居衡岳东林寺，自号『衡岳沙门』。唐亡后，途径江陵，依南平高季兴，为龙兴寺僧正。

寄华山司空图

天下艰难际，全家入华山。几劳丹诏问，空见使臣还①。瀑布寒吹梦，莲峰翠湿关②。兵戈阻相访，身老瘴云间③。

【注释】

① 劳：麻烦。丹诏：用朱笔写的诏书，指皇帝的诏书。据《旧唐书·司空图传》记载，黄巢起义后，唐僖宗、唐昭宗数次征召司空图入朝为官，司空图均不应。

② 莲峰：即莲花峰，又名西峰，华山主峰之一。关：门。

③ 兵戈：指战事。瘴云：瘴气。

舟中晚望祝融峰①

天际卓寒青，舟中望晚晴②。十年关梦寐，此日向峥嵘③。巨石凌空黑，飞泉照眼明。终当蹑孤顶，坐看白云生④。

【注释】

① 祝融峰：南岳衡山最高峰。

② 卓：矗立，卓立。寒青：秋山苍翠之色。晚晴：傍晚雨后放晴。

③ 关梦寐：关怀，梦寐，指日夜向往。峥嵘：高峻的山峰。

④ 蹑：踏，踩。孤顶：最突出的顶峰。

张泌

【作者简介】

张泌，生卒年、事迹均不详（大约与韩偓同时代），字子澄，泌阳（今河南泌阳）人。唐末登进士第。主要活动在武安军节度使马殷统治的湖湘桂一带。在长安滞留较长时间，到过成都、边塞等地。唐亡后可能事马楚为舍人，或事前蜀。

寄人（其一）

别梦依依到谢家，小廊回合曲栏斜①。多情只有春庭月，犹为离人照落花②。

【注释】

① 谢家：泛指意中人之家。李德裕有宠妓谢秋娘，谢亡，李德裕作《忆江南》悼念。东晋时女诗人谢道韫嫁与书法家王羲之次子王凝之为妻，王死后，谢终身未改嫁。依依：留恋，不忍离开。回合：回环，回绕。栏：一作『阑』。

② 离人：指寻梦的人。

葛鸦儿

【作者简介】

葛鸦儿，生卒年、籍贯及生平事迹均不可考，约生活在晚唐时期。从作品中知是一位穷苦的劳动家庭的主妇。

怀良人①

蓬鬓荆钗世所稀②，布裙犹是嫁时衣。胡麻好种无人种，正是归时不见归③！

【注释】

① 良人：古代妇女对丈夫的称呼。

② 蓬鬓：如蓬草一样散乱的头发。荆钗：用荆条做的饰品。世所稀：贫寒的家境世上少有。

③ 胡麻：即芝麻。民间传说芝麻需夫妻同种，才能丰收。好种：正是播种的好时候。不见：一作『底不』。